KB122714

나의 사내연애 이야기

장진영 소설

나의 사내연애 이야기

차례

나의 사내연애 이야기

살면서 절대로 해서는 안 되는 일이 몇 가지 있다고 한다. CC, 그리고 사내연애. 글쎄. 동의하긴 어려우나 다들 뜯어말리는 일이긴 하다. 모두가 만류하는 짓 하기, 그것은 내 필생의 사업이었다. 안타깝게도 고졸이라 캠퍼스커플은 못 해봤다. 대신에 나는 첫 직장에서 사내연애를 했다. 그것도 두 명과 동시에 했다. 둘 다 팀장이었고 부서는 달랐다. 내가 다른 팀장과 연애하고 있다는 사실을 몰랐다. 둘 다.

오늘, 모르는 번호로 전화가 왔다. "배수진 씨
핸드폰 맞나요?"

"네, 그런데요."

그가 자기소개를 했다. 내 첫 직장이자 마지막
직장이었던 D 모델 에이전시의 염 부장이었다. 퇴
사한 직후 회사 사람들 전화번호를 모두 지운 터였
다. 햇수로 7년 만이었다.

"아, 아, 네. 부장님!" 반가운 것도 사실이어서
나도 모르게 외쳤다. 다행히 굽신거리지는 않았다.
"잘 지내셨어요?"

우리는 소소한 안부를 나누었다. 얼마 전 신사
동에 갔을 때 회사 건물 1층에 웬 화덕피자집이 들
어왔길래 에이전시 망한 줄 알았다고 했더니, 그
건물은 전부 세를 주고 맨 처음 일을 시작했던 용
인 사무실로 옮겼단다. 말만 들어서는 회사 사정이

좋아진 건지 나빠진 건지 가늠하기 어려웠는데, 딱히 궁금한 것도 아니었다. 내 알 바 아니었다. 심드렁함을 눈치챘는지 염 부장도 자세히 설명하려 하지는 않았다.

"참, 영화제 얘기 들었어요." 염 부장이 갑자기 밝아지며 화제를 바꿨다. "잘됐다, 수진 씨."

한국계 감독이 입은 드레스 얘기였다. 머메이드라인의 버건디색 가죽 드레스. 영화제 이후로 수많은 축하 전화를 받았지만 남의 입에서 듣는 이 이야기는 언제나 즐거웠다. 감독으로부터 처음 메일을 받았던 일, 스트레스성 폭식과 혹독한 다이어트를 오가던 감독의 극단적인 체형 변화로 인해 가봉을 새로 해야 했던 일, 드레스를 실은 위탁 수화물이 베네치아 공항에서 분실됐던 일, 어깨끈이 살짝 내려가 콧잔등을 찡긋하는 단발머리 감독에게 플래시 세례가 쏟아졌던 일까지, 그간의 일들이 새삼 파노라마처럼 스쳐 지나갔다. "오, 어떻게 아셨어요?"

"건너 건너 많이 들어요." 그렇게만 말하고 염 부장은 침묵했다. 내 옷이 얼마나 근사했는지 조목 조목 상찬해야 마땅한 순간에. 대신 염 부장은 모 팀장의 이름을 꺼냈다. 그러니까, 나와 사내연애 했던 두 팀장 중 한 사람의 이름을. "누군지 기억하 죠?"

"그럼요."

"수진 씨 번호 알려줘도 돼요? 오랜만에 전화 해서는 번호 있는지 물어보더라고." 염 부장이 약 간 미안해하며 말했다.

나는 생각하는 척하다 오케이 했다.

첫 직장에 취직한 해에 나는 스물여덟 살이었다.

그때만 해도 의상 디자이너가 되려면 파슨스 또는 앤트워프 정도는 졸업해야 했다. 그러나 나는 두메산골 출신이었고 지방 4년제는커녕 전문대도 나오지 못한 고졸이었다. 하루라도 빨리 밥벌이를 해야 해서 그리되었다. 고등학교를 졸업하자마자 상경해 동대문에서 옷을 떼다 팔았다. 고향 친구들은 직장을 그만두고 하나둘 시집을 갔다. 벌써 둘째를 낳은 친구도 있었다. 그제야 정신이 들었다. 남들은 직장을 그만두고 있는데 나는 그만둘 직장조차 없다니!

부랴부랴 잡코리아와 사람인에 들어가 이력서를 넣었다. 학벌이 미천했고 경력이 전무했기에 의류 회사에는 취직할 수 없었다. 서류 전형에 딱 한 번 합격한 적이 있었는데, 면접 때 담당자는 경리로 입사할 생각은 없느냐고 제안했다. 추측건대 고졸을 채용하면 정부에서 세금 혜택 따위를 주었던 것 같다. 잠시 고민한 끝에 나는 대답했다:

"옷이…… 만들고 싶어요……."

괜히 거절했다. 6개월 동안 수없이 낙방했다.

디자이너로 취업할 길은 요원해 보였다. 그래서 눈을 돌린 게 모델 에이전시였다. 옷을 만들 수 없다면 옷을 입는 사람이 있는 곳으로 가자. 우회로를 통해서라도 연이 닿았으면 싶었다. 에이전시의 지원자는 대개 모델이 되고 싶었으나 실패한 사람들로 구성되어 있었다. 아마도 나는 굉장히 눈에 띄는 지원자였을 것이다. 그 세계에서 키 167센티미터는 난쟁이였으니까.

D 모델 에이전시는 신사동에 위치해 있었다. 가로수길을 오가는 사람들은 하나같이 깨끗하고 세련되고 훤칠한 모습이었다. 심지어 목소리도 좋고 냄새도 좋고 매너까지 훌륭했다. 지금 생각해보면 당시에 나는 시골 출신이라는 콤플렉스 때문에 주눅 들어 있었던 것 같다. 스스로가 좀 꼬질꼬질하게 느껴졌다. 정확히는 외모가 아니라 마음이 허름했다. 운 좋게 입사하고 나서 몇 달쯤 지난 어느 날, 점심시간에 산책을 하고 있는데 한 행인이 "애

플 어딨어요?" 물었다. 나는 능숙하게 길을 알려주었다. 고맙다고 인사하는 행인에게 묵례한 뒤 몸을 돌려 가던 길을 갔다. 걸음을 점점 빨리하며 나는 나 자신에게 속삭였다. 오, 제법인데.

D 모델 에이전시는 업계 3위쯤 되는 회사였다. 업계 1위인 대형 에이전시가 시장을 독점하고 있었고, 그나마 이름이라도 알려진 다른 회사가 하나, 나머지는 전부 3위였다. 말인즉 우리 회사는 패션계에서 아무도 모르는 중소기업이었다. 그래서 내가 뽑힐 수 있었던 것이다. 면접을 보고 집으로 돌아가는 버스 안에서 합격 연락을 받았다. 버스에서 내려 반대편으로 건너가 같은 번호의 버스를 탔고, 그날로 바로 근로계약서를 썼다. 퇴직금 포함 연봉 2200만 원. 식대 없음. 월급은 세금 떼면 160만 원 언저리였다.

면접 때 유일하게, 그리고 강력하게 나를 채용

하기를 주장했던 게 기획팀 염 부장이었다. 말인즉 염 부장 빼고는 다 나를 반대했다는 뜻이다. 이 얘기는 신입사원 환영회 때 대표한테서 들었다. 누가 찬성했고 누가 반대했는지. 대표에게는 사람들을 이간질해 자신에게 충성시키는 교활한 면이 있었다. 아무튼 염 부장은 그 회사를 먹여 살리다시피 하고 있는 모델을 발굴한 전력으로 직급에 비해 대우받는 편이었다. 꼭 성과 때문이 아니더라도 대표, 상무, 부장까지가 임원이긴 했다. 용인 시절부터 함께한 창립 멤버라고 들었다. 그 정도로 작은 회사였다.

회사 벽면은 그들의 유일무이한 대형 모델, 초리 최의 사진으로 가득했다. 어떤 광기가 느껴졌다. 초리 최 덕에 회사를 용인에서 신사동으로 옮길 수 있었으니 당연한 일이었다. 심지어 임대한 게 아니라 토지를 매입해서 엘리베이터 없는 4층짜리 건물을 새로 지었다. 초리 최는 모델치고는 작은 키와 모델치고는 어여쁜 얼굴 때문에 업계에서는 그다지 각광받지 못하다가 뛰어난 입담 덕에 방송으로 풀린 케이스였다. D 모델 에이전시는 엔터테인먼트 회사로의 업종 변경을 고려하는 게 아닌가 의심스러울 만큼 제2의 초리 최 발굴에 사활을 걸고 있었다. 염 부장의 직속 부하이자 내 사수이기도 한 목지환 팀장은 그 사업에 가장 열심인 사람 중 하나였다. 목지환 팀장이 발굴한 모델도 방송에 조금씩 얼굴을 비추기 시작했다. 자연스러운 수순으로, '제3의 초리 최 찾기'는 의도치 않게 염 부장 라인을 타버린 내게 주어진 과제가 되었다.

수습 기간에 목지환 팀장은 그다지 의지가 되는 사수는 아니었다. 일을 가르쳐주지 않았고 물어봐야만 알려줬다. "모르는 거 있으면 물어보십시오." 문제는 내가 뭘 모르는지를 모른다는 것이었다. 멍하니 모니터만 바라보다가 "저 팀장님," 하고 부르면 목지환 팀장은 발만 뽈뽈뽈뽈 굴러서 바퀴

달린 사무실 의자를 타고 내 자리로 왔다. 나는 입사 동기들에게 다른 사수들이 가르쳐준 내용을 귀동냥해 내 사수인 목지환 팀장에게 그대로 질문했다. 회사 이메일 비밀번호가 뭔지, 공용 드라이브에 어떤 자료가 있는지 등등. 가만히 있기에는 뻘쭘했다. 목지환 팀장은 역시나 물어본 것에만 대답했다.

"이해하셨습니까?" 흡사 기다란 챙의 빨간 모자를 쓴 논산 조교 같은 말투였다. 그는 길고양이에게도 다나까 체를 쓸 사람이었다.

"예."

"모르겠으면 또 부르십시오."

그러고는 다시 뿔뿔뿔뿔 자기 자리로 돌아가는 것이었다. 다른 사수들은 신입이랑 농담도 하고 주전부리도 나눠 먹는데. 무지하게 뻣뻣한 자식이었다. 오히려 염 부장이 의지가 될 정도였다.

나이 많다고 무시하나.

동기들은 갓 사회에 나온 스물셋, 스물넷 여자들이었다. 지금 생각하면 스물여덟이 그렇게 많은 나이는 아니었는데 그땐 나 스스로가 아줌마처럼 느껴졌던 것 같다. 또한 동기들은 다 대졸자였고 페미니스트였다. 그 애들과 대화하려면 단톡방에서 나온 단어를 네이버에 찾아봐야만 했다.

"누가 수진 씨를 무시합니까." 목지환 팀장이 반문했다. 신입사원 환영회가 끝난 뒤였고, 우리는 택시 뒷좌석에 나란히 앉아 있었다. 집 방향이 비슷해 대표가 같은 택시를 태웠다. 둘 다 좀 취했다.

"팀장님이요."

"어떤 팀장 말입니까."

"목지환 팀장님이요." 내가 대답했다. "무시한다기보다는, 어, 사람이 좀 무심하달까요."

"긴장돼서 그랬습니다."

"에?"

"면접 때 수진 씨 보고 반했습니다." 그가 담백

하게 고백했다.

"근데 왜 저 뽑는 거 반대했어요?"

"반대?" 그때까지 앞만 보고 있던 목지환 팀장이 이쪽으로 고개를 돌렸다. "누가 그럽니까."

"아까 대표님이 그러던데요. 염 부장님 빼고 다 반대했다고."

"반대 안 했습니다. 찬성을 안 했을 뿐입니다."

"뭐가 다른데요."

"다릅니다. 아무튼 그런 게 있습니다."

택시가 내 집 앞에 먼저 도착했다. 소변이 마렵다는 목지환 팀장에게 나는 내 집 화장실을 쓰게 했다. 다음 날 우리는 같이 출근했다.

무시당한다고 생각한 이유는 또 있었다. 상사들은 온갖 잡스러운 심부름을 다 내게 시켰다. 신입들 사이에서 가장 나이가 많았음에도. 특히 대표가 그랬다. 그는 숙취해소제를 사 오라며 매일 아침 나를 약국에 보냈다. 증상별로 키트를 파는 약국이었다. 나는 약사에게 "머리가 아프고요오, 속이 울렁거려요오오" 하고 마치 내가 술 먹은 것처럼 연기했다. 그러면 진짜 과음한 것 같은 기분이 들었다. 환, 알약, 시럽 등등으로 구성된 꾸러미와 함께 비용 처리 할 영수증을 챙겼다. 사무실에 있는 게 답답했으므로 산책 삼아 약국에 다녀오곤 했다. 산책 삼아, 라고 그때는 생각했다. 세상 물정 몰라서 차라리 다행이었다. 직장 내 괴롭힘이라는 것도 몰랐으니까. 알았더라면 다 뒤집어엎었을 것이다.

대표는 미팅에 갈 때마다 나를 데리고 다니곤 했다. 나를 자기 클러치백 거치대로 썼다. 주로 깡패들이 옆구리에 끼고 다니는 그런 납작한 가방 말이다. 나는 대표의 고야드 클러치백을 들고 있다가 그가 손을 내밀면 클러치백을 건넸다. 그가 물건을 꺼내면 다시 클러치백을 넘겨받아 지퍼를 잠갔다. 사무실에서 일을 하다가 대표가 계단으로 내려와 "어이, 수진!" 하고 자기 강아지 부르듯이 부르면 바로 튀어 나갔다. 외근을 가면 동기 단톡방에서 난리가 났다. '어디 가는 거예요?' '나가면 뭐 해요?' '그거 우리 일 아니잖아요.' '비서를 뽑으라고 해요.' '뭐라고 얘기해봤어요?'

업무 외의 일을 하는 건 상관없었다. 외근을 하면서 내근을 할 수 없다는 것만 대표가 알았으면 싶었다. 아직 나는 신인 모델을 한 명도 스카우트하지 못한 상태였고 팀에서 압박받고 있었다. 서칭만 하려고 하면 불려 나가는 통에 의자에 앉아 있을 시간이 없었다. 거기다가 이런저런 심부름도 해야 했다. 염 부장은 내가 밖에 나가 논다고 생각했고 영업부 상무는 자기 자리를 빼앗길까 봐 쓸데없이 나를 견제했다. 이렇게 모두가 싫어할 서라면 차라리 거치대로서 이용료라도 받고 싶었다. 대표에게 연봉을 올려달라고 말했다.

"안 돼."

"예."

대표는 꼭대기 층인 4층을 혼자서 쓰고 있었다. 건축법상 4층까지만 지을 수 있었다. 거기서 한 층 더 올라가면 옥상이었는데, 부채처럼 접었다 폈다 할 수 있는 폴딩도어를 빙 둘러 달아서 테라스로 사용했다. 불법 증축으로 신고당해 매해 벌금을 수백만 원씩 냈다. 한 층을 더 쓰는 대가로는 쌌다. 대표는 거기서 난과 분재를 키웠는데 겨울에 냉해를 입어서 이파리가 하나같이 누리끼리했다. 다 죽어가는 화분 살리기. 음, 그것도 당연히 내 일이었다.

봄이 되고 날이 점점 따뜻해졌지만 화분은 살아날 생각이 없어 보였다. 아직도 추워 보였다. 사비로 영양제를 사다 화분에 꽂아보기도 했지만 소용없었다. 애초에 죽은 자식 불알 만지기였다. 나는 환기를 위해 테라스 창을 열다가 실수로 창을 부수었다. 정원사 직책에서 해임되었다.

"어이, 수진!"

거치대 업무는 끝난 게 아닌 모양이었다. 나는 클러치백을 받아 들고 회사에서 나와 벤츠 E클래스 조수석으로 향했다. 운전석 문을 열던 대표가 멈춰 서더니 나를 위아래로 훑었다. "너 옷이 그게 뭐야."

옷? 새삼 스스로의 입성을 살폈다. 남색 와이드 팬츠와 연회색 스웨트셔츠는 스파 브랜드에서 산 것이었고, 소매가 길고 넉넉해 손이 가려지는 베이지색 맥코트는 내 옷이었다. 그러니까, 내가 지은. KBS〈국악한마당〉에서 살풀이를 보다가 영감을 얻었다. 칼라 쪽의 가장 윗단추—광택 없는 소뿔 단추—만 보이게 하고 나머지 단추—유광 플라스틱—는 감추었다. 옷감이 단단해 바늘에 많이 찔렸지만, 내가 참 좋아하는 외투였다.

"거적때기냐?" 대표가 내뱉었다. "미팅 갈 때

만이라도 똑바로 입어.”

“예.”

그날 밤, 입사 후 처음으로 울었다.

다음 날 오전 10시 정도에 사무실 전화가 울렸
다. 내선 번호가 떴지만, 나는 안에서 걸려 온 전화
도 밖에서 온 전화처럼 받는 편이었다. 이유는 알
수 없으나 구분하지 않아야 덜 창피했다. “감사합
니다. D 모델 에이전시입니다.”

“올라와.”

한때 정원사로서의 관성으로 옥상까지 올라갈
뻔했다. 다행히 4층에서 대표가 나를 저지했다. 그
가 조금 쭈뼛거리더니 자기 핸드폰 화면을 보여줬
다. 뭔가를 열심히 검색한 것 같았다. 패션지 특집
기사였다. “유행이라며? 미안하다.”

“괜찮아요. 근데 유행이랑 무슨 상관…….”

대표와 한참 면담했다. 그래도 노력하는 꼰대
라는 점이 고무적이었다. 오해를 풀고 서로의 입장

을 인정하고 견해 차이를 좁히고 잘못을 용서하고 화해했다. 적어도 그랬다고 나는 생각했다. 면담이 끝나고 내려가려는데 대표가 한마디 덧붙였다. "자네 혹시 개쌍마이웨이라는 말 아나?"

계단을 내려가 2층 기획팀 사무실로 돌아갔다. 네이버에 '개쌍마이웨이'를 검색하고 있는데, 마케팅팀 이승덕 팀장이 오늘도 많이 혼났느냐고 메신저로 물었다. 마케팅팀은 3층이라 내가 대표실에 불려 다닌다거나 화분에 물 주러 혹은 테라스를 환기하러 옥상에 드나드는 걸 훤히 알 수 있었다. 이불에 오줌을 지린 것보다 수치스러웠다.

이승덕 팀장은 이 회사에 부장급 다음으로 오래 다닌 직원이었다. 내가 입사 직후 목지환 팀장의 방임에 헤매고 있을 때 매뉴얼이랄지 가이드랄지, 그런 걸 제시해준 게 이승덕 팀장이었다. 원래 직급은 과장이었는데 대표가 탈꼰대 혹은 탈관료

제 정책의 일환으로 직급 체계를 간소화하면서 팀장이 되었다. 타 부서였지만 '5인 미만 사업장'을 유지하기 위해 회사가 몇 개로 쪼개져 있어 서류상으로는 그가 나의 직속 상사였다. 목지환 팀장이 아니라. 뭐 크게 중요한 건 아니지만.

이승덕 팀장이 목지환 팀장보다 연봉이 높다는 사실 역시 나에게 별로 중요한 이슈는 아니었다. 중요한 건 내가 그 둘의 연봉을 알고 있다는 사실이었다. 물론 둘은 서로의 연봉을 몰랐고 아마 관심도 없었을 것이다. 다만 그들은 모르고 나만 아는 게 있다는 사실이 회사 생활에 의외로 힘과 자신감을 주었다. 내가 어떻게 이 대외비를 알게 되었느냐 하면, 클러치백 거치대로 활동하면서 대표에게 들었다. 하인이 주인댁의 비밀과 사생활을 속속들이 아는 것과 같은 이치였다. 어쩌면 나는 D 모델 에이전시를 파괴할 수 있을지도 몰랐다. 묘한 전능감이 느껴졌다.

'길들이는 것 같은데요.' 이승덕 팀장의 채팅이 떴다. 거적때기 발언에서 촉발된 대표와의 불화에 관해 대강의 사정을 설명한 참이었다.

'왜요?'

'수진 씨는 좀…….'

'좀?'

약 1분의 기다림 끝에 새 채팅이 떴다. '조랑말 같잖아요.'

이승덕 팀장의 상담 및 조언이 이어졌다. 4층에 올라갔다 내려온 날이면 늘 그랬듯. 마치 보충학습 같았다. 약간 시무룩해져 있는데 그가 탕비실에서 만나자고 했다. 우리는 텀을 두고 따로따로 탕비실로 내려갔다. 그가 화이트초콜릿을 입힌 귤칩을 주었다. 그런 뒤 따로따로 각자의 자리로 돌아갔다.

입사 동기인 선영 씨가 의자를 타고 와서는 내게 귓속말했다. "이 팀장님이랑 같이 뭐 하세요?"

"에? 아니요."

"종일 카톡 하시길래."

바로 그 순간 이승덕 팀장의 메시지가 떴고 나는 황급히 창을 닫았다. 그는 귀여운 캐릭터를 사랑하는 남자였고, 프로필 사진은 쨍한 노란색이었다. 굉장히 눈에 띄었다. 그렇지만 채팅 창을 엑셀모양으로 위장하긴 싫었다. 메시지가 오자마자 단번에 누군지 식별되었으면 싶었다.

"아, 맛집 추천 받았어요." 예의상 그렇게 둘러댔다. 네 맘대로 생각해라.

거짓말은 아니었다. 채팅 창은 숨겼지만 보지 않아도 무슨 내용이 올라와 있을지 가늠이 되었다. 상담 및 조언 뒤에는 언제나 위로. 대표한테 깨졌으니 맛있는 저녁을 사주겠다는 내용일 것이다. 선영 씨가 자리로 돌아가자마자 나는 채팅을 확인했다. 역시나. 연희동에 우육면 잘하는 데 있는데 같이 가지 않겠느냐는 제안이었다. 대표와의 불화가

깊어지는 만큼 나는 이승덕 팀장과 가까워지고 있었다. 나를 길들이고 있는 건 어쩌면 대표가 아니라 이승덕 팀장일지도 몰랐다.

심부름은 계속되었다:

만성 소화불량인 염 부장에게 콜라 사다 주기. "수진 씨, 이리 좀 와봐." 퇴근 시간이 가까워질 무렵이면 염 부장은 한 사람씩 호출해서 업무 진행 상황을 묻거나 일거리를 주었다. 이제 내 차례가 돌아왔는데 염 부장이 업무를 지시하는 대신 자기 카드를 건넸다. 콜라를 사다 달라고 했다. 속트림을 하면서.

"코카콜라요, 펩시요?"

"아무거나."

나는 또 '산책 삼아' 편의점에 다녀왔다.

야근한다는 염 부장을 빼고, 팀장 및 나 포함 팀원들은 오후 6시에 한꺼번에 퇴근했다. 나는 실

수로 사무실 불을 껐고 염 부장이 불 켜라고 소리
쳤다.

"정류장으로 안 가십니까?" 갈림길에서 인사
하자 목지환 팀장이 물었다.

"오늘은 지하철 타요." 내게 은근하고 꾸준하게
구애 중인 마케팅팀 이승덕 팀장과 교대역에서 만
나 곱창구이를 먹기로 했다고 굳이 말할 필요는 없
기에 그렇게만 대답했다. 그 하룻밤 이후로 목지환
팀장은 딱히 관계를 진전시킬 생각이 없어 보였다.

"아. 내일 뵙겠습니다." 역시나 목지환 팀장은
바로 물러났다. 어디 가느냐고 물을 법도 하건만.

그렇다면 나도. "내일 뵙겠습니다."

교대역에 도착해 이승덕 팀장을 기다렸다. 놀
랍게도 처음 와보는 역이었다. 교대가 대학교 이름
이구나, 고대랑 다른가, 아 서울교대가 있어서 교
대역이구나, 그런 생각을 하면서 서성거렸다. 마케
팅팀은 기획팀보다 잔업이 많고 또 그걸 문제시하

지 않는 분위기였기에 항상 내 퇴근이 빠른 편이었다. 하도 기다려 버릇하다 보니 내가 이승덕 팀장을 좋아하는지도 모른다는 착각마저 들게 되었다. 신입사원 환영회 때 〈디지몬 어드벤처〉 노래를 부르던 덩치 크고 나이 많은 남자를……. 디지몬 친구들, 레츠 고 레츠 고. 세상을 구하자, 레츠 고 레츠 고. 승리는 언제나 우리의 것, 레츠 고 고 고.

한산하던 곱창집은 어느덧 직장인들로 가득 찼고 이제는 하나둘 줄을 서기 시작했다. 들어가 있을 걸 그랬나, 지금 줄을 설까 어쩔까 하는데 저 멀리 이승덕 팀장이 전력 질주해 오는 모습이 보였다. 나는 피식 웃었다. 곱창집 앞에 우리는 나란히 줄을 서서 메뉴를 어떻게 구성할지 논의했다. 그는 미식가인 데다 대식가여서, 덕분에 이것저것 시킨 다음 조금씩 맛볼 수 있었다. 음식이 남을까 전전긍긍하지 않아도 되었다. 그렇다고 해서 내 걸 빼앗길까 봐 허겁지겁 먹어야 하는 것도 아니었다.

그는 밥상을 지휘하는 마에스트로였다! 못 먹고 자란 탓에 고작 그따위가 내겐 중요했다.

줄이 더디게 줄어들었다. 아무래도 곱창은 금방 먹는 음식이 아닌지라 다들 눌러앉은 모양새였다. 배고파죽을 것 같아서 나도 모르게 식당 안을 계속 쳐다보게 되었다. 적당히들 먹고 언능언능 후딱후딱 일어나시라. 이승덕 팀장이 그러는 거 아니라고 유리창에서 나를 떼어냈다. 마침내 우리 차례가 왔을 때 나는 무심결에 주머니에 손을 넣었다.

염 부장의 신용카드가 만져졌다.

"으아아아아아아아악!"

내가 머리를 쥐어뜯자 이승덕 팀장이 "왜 그래요, 수진 씨" 하며 머리카락과 손아귀를 분리했다.

"콜라만 드리고 카드를 깜빡했어요……."

곱창집 사장이 우리에게 자리를 안내하려 했다. 나는 잠시 줄에서 이탈해 염 부장에게 전화를 걸었다. 간절한 마음으로 기도하며 통화한 끝에,

이 신용카드는 교통카드이기도 하며 이 카드 없이는 염 부장이 집에 못 간다는 사실이 밝혀졌다. 염 부장의 집은 남양주였다.

"어떡하죠. 다시 회사로 돌아가야 할 것 같아요." 통화 종료 버튼을 누르고 이승덕 팀장에게 말했다. 고소한 곱창 기름 냄새에 배가 꼬르륵거렸다.

이승덕 팀장이 지체 없이 카카오 택시를 호출했다. "같이 택시로 쏴요."

거리는 멀지 않았으나 아직 퇴근 시간이라 차가 막혔다. 하늘이 어둑해졌다. 회사에서 조금 떨어진 곳에 택시를 세웠다. 기획팀인 2층만 불이 밝혀져 있었다. 계단을 뛰어 올라가서 염 부장에게 신용카드를 돌려주었다. 염 부장은 여전히 트림 중이었다. "어우, 미안해요, 수진 씨."

"아니에요. 제가 깜빡한 건데요……. 아직도 소화 안 되세요?"

염 부장이 대답 대신 트림 소리를 들려주었다.

나가면서 모르고 사무실 불을 끌 뻔했지만 가까스로 참았다. 회사에서 뛰쳐나와 이승덕 팀장을 찾았다. 그가 골목의 전봇대 뒤에 부질없이 숨어 있었다. 덩치가 커서 하나도 안 가려졌다. 나는 그리로 달려갔다. 그가 이쪽으로 마주 달려와 나를 번쩍 안아 들었다. "기다릴 때 이런 마음이었어요?"

심부름은 계속되었다:

초리 최 마실 바나나우유 사다 주기. 회사에 초리 최가 찾아왔다. 재계약과 관련해 염 부장과 미팅을 할 예정이었다. 이런 사안이 아니고서야 모델들이 에이전시에 방문하는 일은 극히 드물었다. 그녀의 실물을 보는 건 처음이었다. 초리 최는 일종의 미니어처 같았다. 키는 큰데 부피만 줄인 미니어처. 위아래는 놔두고 앞뒤 양옆 사이즈만 줄인 느낌이었다. 반짝반짝 빛난다거나 하지는 않았다. 그냥 사람이었다.

"수진 씨, 이리 와봐."

나는 염 부장 자리로 갔다. 맞은편에는 초리 최가 앉아 있었다. 아까는 몰랐는데 위에서 내려다보니 머리통이 비현실적으로 작았다. 신생아 같았다.

염 부장이 눈에 익은 신용카드를 내밀었다. "편의점에서 바나나우유 하나만 사다 줘요."

"예."

산책 삼아 편의점에 갔다. 이번에는 까먹지 않으려고 "카드 돌려주기, 바나나우유와 함께 카드도 주기" 하고 소리 내 중얼거렸다. 왜 점점 바보가 되어가는 것 같지.

바나나우유와 함께 신용카드도 성공적으로 돌려주었다. 자리를 뜨려는데 염 부장이 "빨대는?" 하고 물었다. "아." 다시 편의점에 가려고 하자 초리 최가 나를 저지했다. "괜찮아요." 그런데 뭔가 화법이 묘하게 느껴졌다. 나한테 직접 말하는 게 아니라 염 부장을 경유하는 느낌이었다. "입술 지

워질 텐데" 하고 염 부장이 우려를 표했다. "괜찮아
요. 괜찮아요." 초리 최가 누구에게 하는 말인지 모
르게 되뇌었다. 그러고는 살짝 다른 억양으로, 아
마도 나를 향해, 말했다. "괜찮아요."

두 사람은 옥신각신하게 놔두고 나는 자리로
돌아가 앉았다. 일하자, 일. 일 좀 하자, 좀. 나는 모
델 같으나 아직 모델은 아니면서 연예인 지망생도
인플루언서도 아닌 유니콘을 찾아 인스타그램을
뒤졌다. 만 명쯤 둘러본 끝에 하나를 겨우 건졌다.
오케이, 넌 이제 내 거야. 그녀에게 DM을 보냈다.
'안녕하세요. D 모델 에이전시 기획팀 배수진이라
고 합니다.'

'구라 즐.'

부계정으로 접속했다. 부계정이라기보다는,
남동생 아이디였다. @starcraftly. 군대 갔으니까
괜찮겠지. 걔는 어릴 때 내가 만들어준 아이디와
비밀번호를 온갖 곳에 그대로 썼다. 귀여운 것. '안

녕하세요. 이런 거 처음 보내봅니다. 와, 너무 예쁘
세요.'

남동생 덕에, 비교적 수월하게, 유니콘과 만날
약속을 정할 수 있었다. 물론 이런 식으로 만나서
스카우트에 성공한 적은 한 번도 없었다. 경찰에 신
고당하지만 않으면 다행이었다. 혹은, 이쪽에서 실
망하는 경우도 허다했다. 괜찮은 친구들은 큰 회사
에서 다 채간 것 같았다. 정말이지 사람이 없었다.

"수진 씨, 이리 와봐." 염 부장이었다.

"예."

"수진 씨 운전할 줄 알아요?"

"어…… 그럴걸요?" 트레일러 면허도 있다는
소리는 하지 않았다.

염 부장이 새로운 심부름을 시켰다. 이번엔 다
소 복잡한 심부름이었다. 요는, 당분간 초리 최 매
니저 노릇을 하라는 것이었다. 서울패션위크 참가
브랜드 디자이너들의 캐스팅에 초리 최를 데리고

다니라는 지시였다. 조금 생경한 업무긴 했다. 회사 차원의 일이 아니라 오로지 염 부장의 과잉 충성이었기 때문이다. 뭔가 울컥했는데, 이유는 정확히 알 수 없어서 일단 진정하기로 했다. 숙취해소제, 콜라, 바나나우유까지는 산책 삼아 사 올 수 있었다. 근데 이건 싫었다. 나는 모멸감을 느꼈다.

내 마음을 아는지 모르는지 염 부장의 설명이 자랑스레 이어졌다. 모델 출신 방송인 초리 최를 패션 신에서 다시금 역수입하려는가 보았다. 원래는 초리 최 본인이 직접 운전해서 캐스팅을 돌 생각이었는데—모델들은 다 그렇게 한다—얼마 전 과도한 스케줄로 졸음운전을 하는 바람에 전봇대를 들이받아 차가 반파됐단다. 다행히 몸은 다치지 않았는데 '트라우마'가 생겨버렸다. 트라우마, 대목에서 헛웃음이 나오려는 걸 겨우 참았다. 네네, 그러시겠죠.

법인 차량인 검은색 스타렉스를 타고 신진 디자이너들 작업실이 포진해 있다는 마포구로 향했다. 초리 최가 미리 약속된 장소의 주소를 불러주면 그리로 모셔다드리고, 기다렸다가, 나오면 옆에 태우고 다음 장소로 향했다. 핸들에 두 팔을 얹고 작업실로 짐작되는 곳—간판도 없고 창은 시트지로 가려놨다—을 바라보고 있자니 가슴이 아렸다. 그 작업실, 내 것이었어야만 했어. 다른 모델들이 드나드는 것도 보였다. 시즌이 임박해 매우 숨가쁘게 돌아가는 모양새였다. 작업실을 나오는 초리 최의 표정은 다소 그늘져 있었다. 데뷔는 모델로 했어도 신체 조건이나 실력보다는 자신의 유명세에 더 기대야 했으리라. 입구에서 초리 최를 마주치면 모델들은 연예인 보는 것처럼 신기해했다. 그러다 즉시 반감을 내비쳤다. 네가 왜 여기를? 이런 느낌이었다. 이런 누추한 곳에 귀하신 분이 왜?

대여섯 군데 돌았지 싶었다. 스타렉스에서 내

려 스트레칭을 하고 있는데 길을 지나가던 한 중년 사내가 알은체를 했다. "어, 구 사장⋯⋯." 그는 나를 뭐라고 칭해야 할지 모르는 것 같았다. 클러치백 들고 옆에 있던 사람? 직원? 하인? 아니면, 애인?

젠장, 그렇다. 나는 대표의 오피스 와이프였던 것이다! 혹은, 그 빌어먹을 고야드 클러치백에 거는 키링이었다. 비록 그땐 몰랐지만. 만약 알았더라면, 알았더라도, 그냥 가만히 있었겠지.

낯이 익을 뿐 나도 이 중년 사내가 잘 기억나지 않았다. 같이 밥을 먹었던 것 같기도 하고 차를 마셨던 것 같기도 하고 가물가물했다. 대표는 워낙 만나는 사람이 많았고 나는 옆에서 은은히 미소 지으며 대체로 넋을 놓고 있는 편이었다. 우리는 잠시 어리둥절해하며 악수했다. 내가 지갑에서 명함을 꺼내 건넸다.

"아, 그래그래. 수진 씨. 그렇지." 그가 재킷 안

주머니를 뒤졌다. 그리고 바지 주머니를 뒤졌다.
영수증, 동전 따위가 나왔다. "명함을 두고 왔네.
그래, 만나서 반가웠어요."

그러고는 홀연히 사라졌다. 나중에 알게 될 사
실이지만, 그가 W 배급사 본부장 김유석이었다.
이날의 마주침은 '세상 참 좁다' 하는 식의 에피소
드가 된다. 그와 다시 만나게 된 사연은, 언젠가 또
얘기할 기회가 있을 것이다.

일을 마치고 나온 초리 최가 스타렉스에 타더
니 완전히 뻗어버렸다. 내 기억으로는 이곳이 오늘
의 마지막 일정이었다.

"댁으로 가면 될까요?"

초리 최가 말없이 고개만 까딱했다. 그러더니
한참 뒤에 "고마워요" 했다.

"어디 어디 됐는지 물어봐도 되나요?" 눈은 감
고 있었지만 잠든 것 같지는 않아 말을 걸었다. 종
일 운전사 노릇을 했으니 이 정도는 물어봐도 되겠

지. 나도 보람이라는 걸 느껴보고 싶었다.

"다 됐어요."

"전부?"

"네." 기뻐 보이지 않았다. "내일까지만 돌고 하나 고르려고요."

"오, 잘됐네요. 축하해요."

초리 최는 침묵했다. 그리고 틀어둔 노래가 끝날 때쯤 "고마워요" 했다.

성수동의 아파트 지하 주차장에 차를 세웠다. 모델님 잠든 것 같아 얼마간 자게 두었다. 퇴근 시간은 한참 전에 지났다. D 모델 에이전시는 당연히 야근 수당 따위 없는 회사였다. 야근은 상관없는데 이따 유니콘과의 미팅이 잡혀 있는 터였다. 물론 그녀는 내 남동생과의 데이트라고 생각하고 있겠지만…….

꼬르륵 소리가 들렸다. 내 배가 아니라 옆에서. 초리 최는 자기 내장이 내는 소리에 놀라 일어났고,

민망하다는 듯 웃었다. 나는 빨대 꽂은 바나나우유를 그녀에게 내밀었다.

"아." 초리 최가 바나나우유를 받아 들었다. "고마워요."

초리 최가 오늘 고생했으니 저녁을 사주겠다고 했다. 굉장히 용기를 낸 것 같은 말투였다. 뭐랄까, 작심이 느껴졌다. 약속만 아니었어도 흔쾌히 얻어먹었을 텐데, 아쉽지만 어쩔 수 없었다. 나도 내 일을 해야 했다. 초리 최에게 선약이 있다고 말했다. 우리는 내일 스케줄을 확인한 뒤 인사했다. 초리 최가 차에서 내리려다가 말고 물었다.

"그 옷 어디 거예요?"

유니콘과 서울대입구역에서 만났다. 수상해 보이면 안 되기에 스타렉스는 관악구청에 주차했다. 미형은 서울대 재료공학부 신입생이었고 과잠을 입고 있었다. 천만다행으로 셀기꾼이 아니었다.

미형은 초리 최보다 키가 훨씬 컸고 외모에 에지가 있었다. 딱 보기 좋게 마른 데다 프로포션도 훌륭했다. 내가 명함을 내밀자 미형은 입을 틀어막고 "헉, 구라 아니었어요?" 하고 물었다.

우리는 샤로수길에서 밥을 먹고 쇼핑을 하고 인생네컷을 찍고 차를 마셨다. 그녀의 진로를 진지하게 논의했다. 문제는 미형이 너무나 엘리트라는 것이었다. 온실 속 화초라고 오해하기 쉽지만 그녀는, 내 감에 의하면, 온실 속 잡초였다. 굳이 온실에 안 둬도 되는. "엄마한테 허락받아야 해요."

나는 미형의 어머니와 통화했다. 미형의 앞날과 전망에 대해 함께 이야기했다. 내가 한 사람의 인생을 이렇게 좌지우지해도 되는가 하는 의문이 들었지만 미형은, 내 감에 의하면, 나약하지 않았다. 나약하다 한들 좀 좌지우지되면 어떠랴 하는 생각도 한편으로 들었다. 미형의 어머니는 의외로 우호적이었다. 한참 대화 중에 목소리가 살짝 멀어

지더니 "여보" 하고 부르는 소리가 자그마하게 들렸다. 남편—미형의 아버지—에게 결정을 토스하려는 것 같았다. 나는 미형과 미형의 어머니와 했던 얘기를 미형의 아버지에게 반복했다. 제발 할아버지 할머니까지는 안 가기를 바랐다.

"지금 사인하라는 거 아녜요." 전화를 끊고 내가 미형을 안심시켰다. "나도 미형 씨랑 계약해도 되는지 상무님한테 허락받아야 하거든요."

"공부해야 하는데……." 미형이 주저했다. 그러나 답은 이미 그녀 안에 있었다. 나는 느낄 수 있었다.

불가피하게, 우리 회사 간판스타 초리 최를 살짝 팔았다. 염 부장이 아니라 마치 내가 발굴한 모델인 것처럼. "헐, 저 완전 팬인데!" "미형 씨 만나기 전까지만 해도 같이 있었어요." "진짜요? 대박." 그리고 내 남동생과의 소개팅을 약속했다. 물론 전역할 때까지 기다려야 하겠지만. 놀랍게도 초리 최보다 내 남동생 쪽이 더 반응이 좋았다. 미형의 눈이 반짝반짝 빛났다. 도파민이 도는 모양이었다. 하긴, 20년 동안 죽어라 공부만 했을 테니까. 거의 넘어온 것 같았다. 지금 미형에게는 밀어붙여줄 사람이 필요했다. 나는 쐐기를 박았다. "미형 씨, 내일 혹시 시간 돼요?"

다음 날 미니 오디션이 열렸다. 워킹은 엉망이었지만 사진발이 끝내줬다. 쇼보다 돈이 되는 게 화보였으므로 포토제닉이라면 언제나 환영이었다. 공대녀라는 캐릭터도 나름대로 매력적이었다. 이건 영상 쪽에서 쓸모를 발휘할 것이다. 나는 목지환 팀장, 염 부장, 영업부 상무, 그리고 대표의 허락을 차례로 받아냈다. 미형은 이제 내 모델이었다.

오후 수업이 있는 미형을 학교로 데려다주기 위해 스타렉스에 태웠다. 학부형이 된 것 같았다. 시동을 걸고 있는데 핸드폰이 울렸다. 전화는 아니었고, 이 시간에 느닷없이 알람이었다. 뭐지? 나는

초리 최를 데리러 갈 시간이라는 걸 가까스로 기억
해냈다. 까맣게 잊고 있었다. 관악구로 가는 대신
성수동으로 길을 잡았다. 에라, 모르겠다.

"엥?" 강을 건널 때, 이상함을 감지한 미형이
창밖을 내다봤다. "어디 가는 거예요?"

"미안해요. 학교 하루만 째요."

주차장에서 나는 초리 최와 미형을 서로 소개
시켰다. 미형이 초리 최를 보고는 팬이라며 소리를
질렀다. 초리 최는 처음에는 경계하는 눈치였지만
금세 마음이 눅은 것 같았다. 나는 캐스팅 장소에
미형을 데려가줄 수 있느냐고 초리 최에게 부탁했
다. "견습의 일종으로요." 끼워팔아지면 더 좋고,
라는 말은 하지 않았다. 초리 최는 흔쾌히 수락했
다. 망망대해에 판자때기만 붙잡고 표류했던 자신
의 신인 시절을 떠올렸으리라.

일이 끝나고 두 사람을 집으로 데려다주면서
전해 들은 바에 의하면, 1일 차 모델 미형은 초리

최가 일하는 모습을 구경만 했다. 그런데 한 디자이너가 미형에게 옷을 주며 한번 입고 걸어보라고 시켰단다. 워킹을 배운 적 없었으므로 결과는 뻔했지만 그래도 눈도장은 찍은 셈이었다. 이 이야기를 미형은 엄청나게 흥분한 상태로 말했고, 초리 최는 가만히 웃기만 했다.

그날 이후 초리 최는 미형을 물심양면 지원했다. 다만 자기처럼 되지는 않길 바랐다. 미형은 모델이었으므로 쇼에 서야 했다. 초리 최의 바람대로 미형은 간간이 런웨이에 올랐고, 그것보다는 자주 패션지 화보를 찍었다. 비록 표지 모델까지는 아니었지만. 나도 내 첫 모델인 미형을 위해 안 보이는 데서 노력했다. 포트폴리오에 들어갈 첫 번째 사진을 마련해야 했을 때, 어떤 브랜드도 의상을 협찬해주려 하지 않았다. 심지어 회사에서도 비용 문제로 난색을 표했다. 모델이 알아서 해야 할 일이라는 것이었다.

그래서 내가 미형에게 입힐 버건디색 머메이드라인 가죽 드레스를 지었다.

목지환 팀장이 퇴사 소식을 알렸다. 그가 키운 모델이 주니어급을 얼추 벗어나면서 1인 기획사를 차렸는데 거기에 목지환 팀장을 영입했단다. 처음에 대표는 연봉을 인상해주겠다며 목지환 팀장을 잡았지만, 그가 이직할 회사에서 제안받은 연봉을 알리자 쿨하게 놓아주었다. 대표는 잘되길 바란다며 목지환 팀장을 축원했다. 의견이 분분했지만 나는 그 축원이 진심이라고 생각했다.

문제는 그 후로 면담 지옥이 시작됐다는 거였다. 사원들은 하나하나 대표실에 불려 갔다. 대표는 우리에게 퇴사 의향이 있는지 알고 싶어 했다. 상사가 회사를 그만두면 부하 직원들도 길을 잃고 방황하다가 따라 퇴사하는 경향이 있다고 했다. 너희들 중 한 사람은 반드시 퇴사할 거라고 대표는 예언했다. 모두가 퇴사할 생각이 없다고 부인했다. 나도 마찬가지였다. 하도 볶아대는 통에, 그만두라는 무언의 압박인가 하는 생각이 들 정도였다.

　며칠간의 심문이 끝나고, 이번에는 다른 안건으로 면담이 시작되었다. 주제는 팀장 찾기였다. 조만간 공석이 될 팀장 자리에 누군가 하나를 앉혀야 한다는 것이었다. 동기들 단톡방이 시끄러웠다. '면담 때 무슨 얘기 했어요?' '팀장 하고 싶냐던데요?' '저한테도 그랬는데.' '하실 거예요?' '제가 왜요?'

　연봉은 그대로고 일만 많아질 거라는 게 중론이었다. 나는 가만히 분위기를 살핀 뒤 대세에 따랐다. 왜인지 몸을 사리게 되었다. 예전 같았으면 팀장 달겠다고 설쳤을 텐데. 그렇다, 나는 길들고 있었다! 그리고 아마도 그때가 퇴사해야겠다고 처음으로 생각한 순간이었던 것 같다.

　"새끼들이 야망이 없어, 야망이." 대표가 2층으

로 내려와서는 일장 연설을 했다. 그러고는 마케팅 팀이 있는 3층으로 올라가 기획팀이 얼마나 무능한지 흥보았다. 그 소리가 아래로 다 들렸다. 대표는 사람과 사람 사이는 물론 팀과 팀 사이도 이간질했다. 내가 왜 목지환 팀장과 이승덕 팀장의 연봉을 동시에 알고 있었는지 이제야 이해되었다. 대표는 나를 통해 두 팀장을 경쟁시킬 심산이었던 것이다.

목지환 팀장은 해외 워크숍—여행—에 참석하지 않았다. 곧 그만둘 텐데 따라가기는 죄송하다고 했다. 창사 10주년이었지만 이번 워크숍 장소는 동남아였다. 원래는 유럽을 예정했는데 심기 불편해진 대표가 마음을 바꾸었다. 우리가 염가 패키지 여행을 떠나 있는 동안 목지환 팀장이 회사를 지켰다. 회사 단톡방에 서로서로 사진을 공유했는데 목지환 팀장은, 착각이 아니라면, 내가 나온 사진에만 호응했다. "수진 씨 여름옷 구경하는 재미로 봤습니다." 귀국했을 때 목지환 팀장이 말했다.

향신료를 못 먹는 대표의 까탈스러운 입맛 때문에 태국에서 쌀국수 한번 먹어보지 못하고 매끼 한식만 먹었다. 저녁이면 자연스레 술도 곁들였는데, 그러니까 매일 전체 회식을 하게 된 셈이었다. 참이슬, 그리고 얼음 탄 창맥주. 그 워크숍—여행—에서 나는 모두가 알고 있었으되 바보같이 나만 몰랐던 사실을 알게 된다.

"목 팀장 나가니까 승덕이 너라도 회사 든든하게 지켜야지." 대표가 이승덕 팀장의 잔에 술을 따라주며 말했다. "든든한 버팀목, 탄탄한 디딤돌이 돼야 할 거 아냐."

직원들이 또 시작이라는 듯 각자의 핸드폰을 봤다. 든든한 버팀목 탄탄한 디딤돌, 이른바 '든버탄디'는 대표의 단골 레퍼토리 중 하나였다. 또 다른 레퍼토리로는 '퐁당퐁당'이 있었다. 이 일 저 일 왔다 갔다 번갈아 처리하면 된다는 의미의 사자성

어로, 한 사람에게 여러 가지 일을 한꺼번에 시킬
때 터져 나오는 불만을 잠재우기 위해 주로 사용되
었다.

이승덕 팀장이 술기운에 얼굴이 시뻘게져서는
고개를 주억거렸다. 대식가답게 술도 음식도 많이
먹은 그였다.

"이제라도 착실하게 돈 모아야 할 거 아냐.
응?"

대표의 말에 상무와 부장들이 동의하며 맞장
구를 쳤다. 그들은 모종의 대전제 아래 영문 모를
이야기를 이어나갔다. 그래, 함께한 세월이 있으니
내가 모르는 부분이 있을 수는 있었다. 부장급 아
래로는 가장 오래 일한 직원이라고 했으니까. 그런
데 이승덕 팀장의 부하 직원인 세빈 씨까지 조용히
고개를 끄덕이는 것이 아닌가. 왜인지 그들은 이승
덕 팀장을 측은해하고 있었다.

그들의 대화로 추론해낸 바에 의하면, 이승덕

팀장의 전처는 경계선 지능이었고 걸핏하면 사기를 당했다. 경제권은 아내에게 있었는데 그녀는 남편이 회사 생활을 하며 모은 돈을 사기꾼에게 갖다 바치곤 했다. 모으면 날렸고, 모으면 날렸다. 참다 못한 이승덕 팀장이 이혼을 요구했지만 아내는 거부했다. 과정은 지난했으나 아내의 유책이 인정되어 이혼에 성공할 수 있었다. 그러나 이승덕 팀장은 이미 빈털터리가 된 후였다…….

대표가 이승덕 팀장을 꾸짖은 이유는, 그에게도 잘못이 있었기 때문이었다. 그는 전형적인 호구였다. 고급스럽게 표현하자면 'giver'였다. 그는 아낌없이 주는 나무였다. 그래서 이승덕 팀장이 나에게 자꾸 먹을 걸 사줄 수 있었던 것이었다!

나는 살짝 혼란스러웠다. 그에게 결혼 경력이 있어서인지 아니면 그가 거지여서인지, 정확한 이유는 알 수 없었다. 속았다는 느낌도 들었는데, 이승덕 팀장이 딱히 악의를 갖고 속인 것 같지는 않았다. 그냥 말을 안 했을 뿐이었다. 말을 안 한 것도 일종의 거짓말이라고 볼 수도 있겠지만. 나는 내 눈치 없음에 경악했다. 이승덕 팀장과 사내연애 하고 있다는 걸 알게 모르게 다들 알았을 텐데. 얼마나 우스웠을까.

아마도 우리는 그 워크숍에서 자연스레 이별하게 되었지 싶다. 만나자고 한 적 없었으므로 헤어지자는 말도 무용했다. 돌이켜보니 그와 손 한번 안 잡아봤다는 생각이 들었다. 식사는 무수히 했지만 말이다. 이승덕 팀장은 좋은 사람이었고, 여자들이 흔히 말하는 '뽀뽀할 수 없는 남자'였다. 나도 그의 전처처럼 'taker'로서 그를 뜯어먹기만 했던 걸까? 어쨌든 우리는 직장 동료로 돌아가 무미건조하게 일과 관련된 대화만 나누게 되었다. 그러나 채팅 창에 노란색 프로필 사진이 뜨면 조건반사처럼 마음이 환해지는 건 어쩔 수 없었다. 굳이 억누르지 않았다.

한편 목지환 팀장과도 그의 퇴사로 인하여 이별하게 되었다. 과연 그와 연애한 게 맞는가, 따지자면 좀 애매하긴 하지만 말이다. 이승덕 팀장과는 잠만 안 잤고 목지환 팀장과는 잠만 잤다……. 내 연애는 왜 이따위인가. 목지환 팀장의 퇴사 날 나는 꽃집에 가서 꽃다발을 샀다. 아주 예쁜 꽃으로만 골랐다. 나는 그의 품에, 약간 힘을 실어, 꽃다발을 안겨주었다. "잘 먹고 잘 사세요."

"감사합니다. 수진 씨도 행복하십시오."

목지환 팀장을 배웅한 뒤 대표와 임직원 일동은 각자의 자리로 돌아갔다. 대표의 예언이 맞았다. 나는 4층으로 올라가 퇴사하겠다고 말했다.

전화를 끊자, 초리 최가 피팅룸 커튼을 젖히고 고개만 빼꼼 내밀었다. "누구야?"

"염 부장님. 기억하지?"

"아…….." 초리 최가 눈을 가늘게 떴다. 그러고

는 활짝 웃었다. "아!"

흠흠, 말하자면 이곳은 내 부티크고 나는, 아니 우리는, 패션위크 컬렉션을 준비 중이다. 쇼의 클로징 모델은 당연히 초리 최가 될 것이다. 500그램만 더 뺀다면. 오프닝 모델인 미형은 방금 가봉을 마치고 다른 스케줄로 이동한 참이었다. 미형은 더 쪄야 했다. 이따 집에 가서 보양식을 먹여야겠다. 미형은 현재 내 동거인이기도 하다. 어쩌다 보니 살림을 합치게 되었다.

우발적으로 퇴사한 뒤 나는 내가 좋아하는 일을 했다. 알바로 생계를 이어가면서 국비 지원 학원에 다니며 옷 만드는 방법을 배웠다. 전에는 느낌 가는 대로, 그러니까 마구잡이로 오리고 꿰매곤 했는데, 처음으로 패턴이라는 걸 뜨고 재봉질이라는 걸 해보았다. 동대문에서 밤에 도매로 옷을 떼는 대신, 낮에 옷감을 끊고 부자재를 샀다. 자체 제작 상품을 온라인으로 팔았다. 당시는 옷에다 할 수 있는 건 이것저것 다 해보는 시기라서 레이스 잔뜩 프릴 잔뜩인 요란뻑적지근하고 맥시멀한 원피스류가 주력 상품이었는데, 어쩐지 돈 많은 중국인들이 엄청나게 열광했다. 나는 차이나 머니로 을지로에 작업실을 얻은 뒤 브랜드를 론칭했다. 점점 내 취향을 확립하고 사람들을 설득해나가다 나중에는 제대로 된 부티크를 차렸다. 부티크를 오픈한 날 나는 '거적때기'를 상징적으로 한쪽 벽에 건 다음 거기 핀 조명을 비추었다. 놀라운 건, 그걸 사고 싶어 하는 사람이 꽤 많았다는 것이다.

"실례합니다." 처음 보는 모델이 구부정한 자세로 조심스레 부티크 문을 열었다. 그러고는 떨리는 목소리로 인사했다. 내가 시커먼 스타렉스 운전석에 앉아 있는 동안 초리 최를 따라갔던 미형도 저런 모습이었을까.

"잠시만 기다려줄래요?"

부티크 홀에 모델들의 대기 줄이 생기기 시작

했다. 패션위크에 참가하는 건 올해가 두 번째였다. 솔직히 말하면 작년은 초리 최 덕분에 흥행한 면도 있었다. 모든 디자이너들이 초리 최를 원했다. 그치만 올해는 달랐다. 모든 모델이 내 쇼에 서고 싶어 했다!

초리 최는 미형의 귀인이었는데, 알고 보니 나에게 더 귀인이었다. 미형의 첫 포트폴리오가 완성되자 초리 최는 주목하는 신인이라며 자신의 인스타그램에 게시했다. 어쩌면, 내 드레스를. 그로부터 7년 뒤 초리 최는 한국계 영화감독으로부터 DM을 받고 그녀에게 내 이메일 주소를 건네주게 된다.

"염 부장님이 갑자기 왜?" 초리 최가 아예 피팅룸에서 나와서는 물었다. 그녀가 모습을 드러내자 홀에서 조그맣게 탄성이 터졌다. 아닌 게 아니라, 마네킹에 얹어뒀을 땐 확신이 없었는데 초리 최가 입으니 괜한 걱정이었다 싶을 정도로 근사했다. 잠간 방송 쪽으로 외도한 시절도 있었지만 초리 최는 엄연히 모델이었다. 미형에게 초리 최가 귀인이었듯, 지난날 초리 최에게는 미형이 귀인이었다. 미형에게 자극받아 초심을 되찾았달까. 그때보다 수입은 줄었어도 초리 최는 행복해 보였다. 500그램만 더 빼면 완벽하련만.

"글쎄. 팀장님이 염 부장님한테 내 번호 물어봤다더라고."

초리 최가 눈을 흘겼다. "어떤 팀장?" 질문이 좀 이상한 것 같아 고개를 갸웃하자 그녀가 덧붙였다. "왜, 두 명이었잖아. 목 뭐시깽이랑 그 돌싱……."

"쉬이."

"뭐야, 누군데. 누구냐고."

나는 가봉 중인 드레스의 가슴통을 바짝 조여 초리 최의 입을 막았다. "그래서 살 뺄 생각 있어, 없어?"

그러면서도 나는 고생했다며 또 바나나우유에 빨대를 꽂아 내미는 것이었다. 의상을 수정한 뒤 초리 최를 그녀의 차가 세워져 있는 곳까지 배웅했다. 그렇다, 초리 최는 운전을 한다! 초리 최가 차 사고로 인한 트라우마를 극복했는지 아니면 애초에 그런 건 존재하지 않았는지는, 나도 모른다. 아무리 캐물어도 절대로 안 알려주기 때문이다. 하여간 별게 다 비밀인 여자다.

어쨌거나 여기까지가 나의 '사내연애' 이야기다. 우리는 D 모델 에이전시에서 아티스트와 수습 직원으로 만났다. 천하의 초리가 어떻게 내 연인이 되었는지는,

다음 화에 계속.

나의 「나의 사내연애 이야기」 작업 일기

두 번째 장편소설*을 출간한 뒤, 나는 한 통의
전화를 받는다.

"여보세요?"

"미친년아!" 발신인이 다짜고짜 악을 썼다.
"너 소설 쓰지 마!"

누구라고 밝히긴 뭐하지만, 전화를 건 사람은

* 장진영, 『치치새가 사는 숲』, 민음사, 2023.

내 가족 중 한 사람이었다. 짧은 통화가 끝나고 나는 그 제안을 진지하게 검토해보았다. 소설 그만 쓰기. 왜 진작 그 생각을 못 했을까? 알 수 없는 해방감이 느껴졌다.

　아닌 게 아니라,

　소설은 이미 그만 쓰고 있었다. 한 글자도 안 쓴 지 꼬박 1년.

　다 썼다, 는 생각이었다. 여기서 뭘 더 해. 아무것도 안 하고 가만히 있고 싶었다. 기진하고 무기력했다. 꿈도 희망도 열정도 다 사라졌다. 처음부터 없었던 것처럼. 피곤하고 만사 귀찮았다. 심지어 존재하기도 귀찮았다!

　이미 그만하고 있는 걸 어떻게 더 그만하나.

　소설에서는 손을 놓고 있었지만, 어쩌다 보니 그 시기에 책이 한꺼번에 몰아 나오는 바람에 "활발하게 활동 중"이라는 오해를 받고 말았다. 메일

로도, 행사 자리에서도 그 표현을 들었다. 나는 어떻게 반응해야 할지를 몰랐다. 양심의 가책을 느꼈다. 혹은, 책임 없는 쾌락? 그렇지만 부인하는 것도 우스운 일이었다. 집필과 출간 사이에 시차가 좀 있었을 뿐, 어쨌거나 내가 한 일은 맞으니까.

꼭 그 통화 때문이 아니더라도, 이런저런 연유로, 나는 용기와 자신감을 잃은 상태였다. 쓸 때는 별생각 없었는데(그게 문제였을까?), 누가 내 책을 읽었다고 하면 진짜 창피해서 죽고 싶었다. 한마디로 쪽팔렸다.

그래서 그냥 "감사합니다" 하면 될 걸, "왜 읽었어요"라고 따진다거나 "읽지 마요" 하고 말리는 것이었다. 작가라는 사람이……. 마치 잘못을 들킨 것처럼 뜨끔한 기분이었다. 도둑이 제 발 저린다, 는 말을 인용하면 정확할 것 같다. 의아한 건 그런 마음이 이제야 들었다는 것이었다. 도대체 무엇 때문에?

아무튼 소설 쓰기가, 이제는, 너무 무섭고 두렵고 겁이 났다. 한번은 이런 마음을 토로했더니 옛 스승님이 물었다. "너 뭐 돼?"

아니 근데 진짜로, 그만할까?

딱히 대안이 있는 건 아니었다. 나는 할 줄 아는 게 아무것도 없었다. 배운 기술도 없었다. 일은 참 뼈빠지게 했던 것 같은데 그게 대개는 원숭이도 할 수 있는 단순노동이었고, 뭐 하나 내세울 경력이 없었다. 이 세상에서 사라져도 전혀 손해가 아닌 사람이 바로 나였다!

다 떠나서, 뭐 해 먹고 사나 하는 문제는 차치하더라도, 가장 큰 문제는…….

주문을 한껏 받아놓은 상태라는 것이었다. 소설을 사랑했을 땐 일이 없었는데, 공교롭게도 사랑이 식은 뒤에야 일이 찾아왔다. 타이밍이 안 맞았다. 그렇다고 무를 수도 없는 노릇이었다. 이미 계약금은 받았고, 그 돈은 어디론가 뿔뿔이 흩어진 터라 돌려줄 수가 없었다. 만약 소설을 납품하지 못하면 나는 돈만 받고 튄 게 된다. 설마하니 출판사에서 소송을 걸지는 않겠지만, 그래도 약속은 지켜야 했다. 어른으로서. 사회 구성원으로서. 생태계의 당당한 일원으로서.

일하자.

그치만…… 소설 그거 어떻게 쓰는 건데. 기억이 하나도 안 났다. 다른 사람은 어떻게 쓰는지 참고하려고 부랴부랴 몇 편 찾아 읽어보았다. 음. 아무래도 망한 것 같았다. 뭐가 뭔지 도무지 알 수 없었다.

그렇게 마감일은 다가오고 있었다.

이사하느라 바쁘고 엄청 스트레스였다. 힘들

어서 눈 점막이랑 콧방울이 퉁퉁 부었다. 다행히 전세 사기는 안 당했다. 나는 6년 동안 살았던 정든 내 고향 봉천동을 떠났다. 쑥고개에서 2년, 중앙시장 근처에서 4년을 살았다. 서울대입구역은 가히 제2의 고향이라 할 만했고, 아마도 나는 그곳을 꽤 좋아했던 것 같다.

　작업실을 옮기게 되면서 청담동으로 이사했다. 이사 오면서 새로이 깨닫게 된 사실 하나. 사람들이 '봉천동'은 '봉천동'이라고 하는데 '청담동'은 '청담'이라고 한다. 마찬가지로, '관악구'는 '관악구'라고 하고 '강남구'는 '강남'이라고 한다. 뭔 차이일까? 서울 사람이 아니라서 잘 모르겠다. 아무튼 어렸을 때는 타포린백 하나 가지고 여기저기 잘만 옮겨 다녔는데, 이번엔 좀처럼 적응이 안 되었다. 한곳에 너무 오래 산 탓일까? 이곳은 참 외지고 비싼 동네였다. 아무도 놀러 오려고 안 했다. 춥고 외롭고 우울했다. 아니 우울하다기보다는, 슬펐다. 그래, 나는 슬펐다!

그래서 술을 마시기 시작했다.

집에서, 혼자, 매일 소주를 마셨다. 마시면서 질질 짰다. 눈물을 흘렸다기보다는, 눈물이 흘렀다. 경험으로 미루어보건대 우는 건 괜찮았다. 문제는 웃는 것이었다. 나는 울다가 급기야 실실 웃었다! 점점 많은 술, 더 많은 술이 필요해졌다. 컵에 따라 마시던 소주를 나중에는 귀찮아서 입 대고 병째로 마셨다. 유리에 든 건 무거우니까 플라스틱 병에 든 걸로 사다 마셨다. 최악.

아무래도 알코올성 치매인 것 같았다. 기억이 자꾸 휘발되었다. 뭘 하다가도 멈춰서는, 내가 뭐 하고 있었지? 생각해야 했다. 이거 하다 저거 하다 다시 이거 했다. 성격이 급해지고 참을성이 없어졌다. 행동이 산만해지고 발음이 어눌해졌다. 점점 지능이 떨어졌다. 총기가 사라졌다. 전에도 그리

똑똑했던 건 아니었지만.

화장실 문에 실수로 머리를 박았다. 냉장고 문에 손가락이 끼었다. 하마터면 손톱이 빠질 뻔했다. 이와 비슷한 예가 무수히 많은데 이를테면……음. 기억이 안 난다.

한번은 이런 일이 있었다:

새 작업실에 처음으로 출근한 날이었다. 도어록에 비밀번호가 설정되어 있었는데, 고작 숫자 네 개가 그렇게 안 외워졌다. 나는 외우기도 쉽고 누르기도 쉬운 번호로 바꾸었다. 0070. 공공칠빵. 내 핸드폰 비밀번호도 그것이었다. 잘 설정되었는지 문을 연 상태로 몇 번이나 확인했다. 그런데 화장실에 다녀와서 번호를 눌렀는데 문이 안 열리는 것이었다! 예전 비밀번호, 혹은 예전 비밀번호로 추정되는 몇 가지 조합도 다 눌러봤다. 아니었다. 0000, 1234, 전부 아니었다.

핸드폰이며 지갑이며 옷이며 뭐며 다 안에 있

는데, 낭패였다. 그리고 민폐였다. 결국 열쇠 선생님이 출장 오셔서 어찌어찌 문을 뜯었다. 열쇠 선생님이 떠난 뒤, 나는 비밀번호를 누르지 않아도 되도록 아예 카드키를 등록했다. 도대체 뭐가 문제였을까?

편집자님으로부터 메일이 왔다. 마감일을 잊었을까 봐 보낸 리마인드 메일이었다. 어쩌면 편집자님은 내가 치매에 걸렸다는 사실을 직감으로 느낀 것일 수도 있었다.

계약서를 보내드린 게 엊그제 같은데,
벌써 마감일이 다음 주(3월 1일)네요.
작가님께서 잘 지내시는지 궁금하기도 하고,
마감일 안내드리고자 메일드렸습니다.
혹시 일정 조정이 필요하시면 말씀해주세요.

소설은 아직 시작도 못 한 상태였다. 눈 딱 감고 한 달만 더 말미를 달라고 부탁하려다가, 그러니까 '4월 1일'을 부를까 하다가, 아무래도 너무 염치가 없는 것 같아서 이렇게 적어 보냈다:

'진짜 마감일'의 맥시멈을 알려주시면
꼭 지키도록 하겠습니다.
혹 불안하실까 봐 노파심에 말씀드리자면,
펑크는 결단코 없을 것입니다.

답장이 금방 왔다:

일단 '진짜 마감일'을 4월 1일로 생각하고
작업을 해주십사 부탁드립니다.

……!

아무튼 기획안에 의하면, 나는 '칙릿'을 써야 했다. 나무위키에 '칙릿'을 검색했다.

장르문학의 한 종류. 칙릿이라는 이름은 젊은 여성을 뜻하는 속어 Chick과 Literature(문학)의 줄임말인 lit가 합쳐진 이름으로, 그 이름처럼 주로 이삼십대 여성 직장인들의 일과 사랑, 라이프 스타일을 다루는 가벼운 느낌의 소설을 일컫는 말이다.

나는 삼십대 여성이고, 제대로 된 '직장인'이었던 적은 거의 없었던 것 같다. 일과 사랑? 둘 다 지금 나하고는 전혀 무관한 것이었다. 그래서 일종의 판타지를 쓴다고 생각하기로 했다.

얼마 전, 나는 한 도서관에서 '서평 쓰기' 수업을 했다. 서평은 읽어본 적도 써본 적도 없었거니와, 내게 누굴 가르칠 자격이 있는지도 의문이었다. 그러나 제안받은 강사료는 곧 있을 이사의 복비를 충당하고도 남음이 있었다······. 국책 사업이라 수강료가 무료였기에 부담감이 적기도 했다. 평일 낮 수업이라 주로 은퇴자, 주부, 프리랜서, 백수 등이 왔다.

나는 매주 수강생들의 서평을 첨삭했다. 이렇게 쓰면 어떨까요? 저렇게 고치면 어떨까요? 운운했지만, 마치 사기꾼이 된 기분이었다. 무료라 돌려줄 수강료가 없으니 내가 돈 내고 강의해야 할 것 같았다.

서평 제출은 자율에 맡겨졌는데, 쓰는 사람은 매주 한 번도 빼놓지 않고 쓰고 안 쓰는 사람은 절대로 안 썼던 것이, 돌이켜보니 인상적이다. 아무튼 '쓰는 사람'이었던 한 수강생이 떠오른다. 어떤 아주머니였는데, 글을 정말이지 자기 맘대로 쓰는 분이었다. 그때 나는 일종의 글 변비를 겪고 있었으

므로 그분의 자유분방함에 매료될 수밖에 없었다. 한 주 한 주가 지나면서 나는 다짐하게 되었다:

이 사람처럼 쓰겠다.

왜인지 이런 다짐도 했다:

대충 살자.

그분 말고도 글을 굉장히 정갈하게 쓰는 분도 있었고(문학에 박식해서 거의 나 대신 수업을 해주셨다), 또 나처럼 강박과 결벽으로 인해 글이 말라비틀어지는 분도 있었다. 아무튼 중요한 건, 모든 과정이 끝날 때가 되니 내가 이름을 가리고도 누가 쓴 글인지 알게 되더라는 것이었다. 그러니까 중요한 건, 내가 무엇을 써도, 어떻게 써도, 내가 쓴 이상 그건 내 글이라는 것. 불행히도. 다행히도.

종강을 한 주 앞둔 날, 나는 그분들께 초고를 완성해 돌아오겠노라 선언했다. 그리고 약속의 일주일이 흐른 뒤, 다시 도서관. 기억력도 좋은 누군가가 물었다. "쓰셨나요?"

"아니요."

어쨌거나 나는 이 작업 일기를 초고를 완성한 후에 쓰고 있다. 오늘은 3월 15일, '진짜 마감일'까지 보름 남았다. '진짜 진짜 마감일'은 따로 있을지도 모르겠지만…….

미리 자수하자면, 패션 업계에 대해서는 잘 모른다. 어릴 적에 〈프로젝트 런웨이〉나 〈도전! 슈퍼모델〉 같은 티브이 쇼를 열심히 챙겨보았을 따름이다. 말인즉 이 소설의 내용은 대부분 '뇌피셜'이다. 만약 소설을 읽다가 어라, 모델 에이전시 안 이런데, 라는 생각이 든다면 당신이 맞다. 등단작*에서 주인공이 판사였는데 그때도 '어차피 판사는 소설 안 읽어' 하면서 상상에 기대 썼던 것 같다. 이

* 장진영, 「곤희」, 『자음과모음』 2019년 여름호.

소설도 '어차피 모델은 소설 안 읽어' 하면서 상상
으로만 썼다. 만약 이 글을 읽는 당신이 모델이라
면, 죄송합니다. 하지만 그건 합리적인 추론이었는
지도 모른다. 소설가—나—도 소설을 안 읽기 때
문이다.

"어차피 아무도 안 읽어요." 나는 내게 전화해
"미친년"이라고 했던, 다소 과격하게 걱정을 표했
던 이에게 대꾸했다. 그리고 전화를 끊었다.

이러한 생각은 그간 참으로 훌륭한 도피처가
되어주었다. 자유를 보장했다. 정말 아무도 읽어
주지 않는다면 좀 쓸쓸하겠지만. 어쨌거나 '아무
도 안 읽는다'는 생각으로, 그동안 나는 잘도 아무
렇게나 써재낄 수 있었던 것 같다. 그런데 점점 남
의 눈치를 보기 시작했다. 선의에서 비롯된 우려에
시달리고 너덜너덜해져서? 책이 안 팔려서? 악플
이 달려서? 악플조차 안 달려서? 북토크에 온 사람
이 "왜 이렇게 썼나요" 하고 따져서? 그냥 궁금해

물었을 뿐인데 내가 죄송하다고 사과해서? 이유는
모르겠다. 아무튼 남의 눈치를 보는 게 현재 나에
게 매우 유해하다는 판단이 들었다. 그러한 경향이
교정되기를 바라면서 이 소설을 썼다.

물론, 이 작업 일기도 그런 마음으로 쓰고 있다.

주인공 '배수진'이 대성공을 거둔 것으로 소설
초반에 못을 박아두었다. 그러지 않으면 나는 이 인
물을 시궁창에 빠뜨릴 게 뻔하기 때문이었다. 배수
의 진을 쳐야 했기에 이름도 배수진으로 했다. 앞
서 말했듯, 이 소설은 판타지였다. 현실은 누추할
지언정 소설에서라도 한번 잘 먹고 잘 살아보자.

이게 바로 소설의 멋진 점이었다. 내가 뭘 써
도 읽는 사람은 언제든 속아줄 준비가 되어 있다는
것. 작가가 '지구가 멸망했다'라고 쓰면 독자는 음,
지구가 멸망했군, 하고 믿어준다. 기적 같은 일이
다. 게다가 지구를 멸망시키는 데 돈이 한 푼도 안

든다! 노트북에 공급되는 약간의 전기료 정도?

'배수진은 대성공했다.'

문제는 '어떻게?'에 있었다. 어떻게 성공시켜야 할까. 성공해본 경험이 없는 자의 미천한 상상력 문제로 인하여 '초리 최'가 필요해졌다. 데우스 엑스 마키나. '초리 최가 도와줬다.'

한편 주인공 배수진은 연애도 해야 했다. 이 소설은 칙릿 장르이기 때문이었다. 이삼십대 여성의 일과 사랑. '일', 그리고 '사랑'을 한꺼번에 해결하기 위해 배수진을 사내연애 시키기로 했다.

두 명과 연애했다고, 이 또한 소설 초반에 질러놓았다. 그래야만 무슨 이야기든 생겨날 것 같았다. A와 B를 두고 저울질하며 쓰던 중에, 둘 다 아니라는 생각이 들었다. 그래서 제3의 인물인 C를 찾게 되었다.

질문:목지환과 이승덕 중 누구?

답:초리 최.

C는 초리 최여도 되고 미형이어도 상관없었는데, 아무래도 미형은 너무 어렸고 초리 최 쪽이 더 마음이 설레서 초리 최로 했다.

결국에는 퇴사 엔딩이 되었지만, 회사 다니는 건 별로고 퇴사는 멋지다고 생각해서 그런 것은 절대 아니다. 회사에 다니는 건 진심으로 대단한 일이라는 걸, 여기에 적어두고 싶다. 나는 직장인을 존경한다.

작업 일기. 끝!

아참참, 가장 중요한 얘길 깜빡했다. 이놈의 건망증.

두 번째 장편소설을 출간한 뒤, 나는 또 한 통의 전화를 받는다. "장진영 씨 핸드폰 맞나요?"

"네, 그런데요."

전화를 건 사람은 내가 7년 전 잠깐 다녔던 출

판사의 부장님이었다. 거기 팀장님 중 하나가 내 핸드폰 번호를 물어봤단다. "진영 씨 번호 알려줘도 돼요?"

"그럼요."

이 통화를 한 게 지난겨울이었다.

왜 번호만 물어봐놓고 연락 안 하시나요, 팀장님?

끝.

나의 사내연애 이야기

초판 1쇄 발행 2024년 7월 25일

지은이 장진영

펴낸이 안병현 김상훈
본부장 이승은   총괄 박동옥   편집장 박윤희
책임편집 정수향 김정은
마케팅 신대섭 배태욱 김수연 김하은   제작 조화연

펴낸곳 주식회사 교보문고
등록 제406-2008-000090호(2008년 12월 5일)
주소 경기도 파주시 문발로 249
전화 대표전화 1544-1900 주문 02)3156-3665 팩스 0502)987-5725

ISBN 979-11-7061-158-5 (04810)
       979-11-7061-151-6 (세트)
책값은 표지에 있습니다.